당신 너머, 모르는 이름들

권애숙 시집

당신 너머, 모르는 이름들

달아실 시선
32

달아실

일러두기

1. 본문에서 하단의 〉는 '단락 공백 기호'로 다음 쪽에서 한 연이 새로 시작한다는 표시이다.
2. 보조 용언과 합성 명사의 띄어쓰기 등 본문의 맞춤법은 시인의 의도에 따른 것임.

시인의 말

어떤 설렘은 참 끈질기다.
수천 개의 얼굴로 처처를 살린다.

모르는 이름으로 내 어둠의 바닥에 와 닿은 수많은 당신들에게
마디마디 찬란한 가을을 부친다.

2020년 10월

권애숙

차례

당신 너머, 모르는 이름들

2부

3부

4부

1부

부추꽃 피던 날

별 아닌 것들이 별에 기대
별의 흉내를 내는 동안

세상 언저리 어떤 얼룩은
지독한 꽃무늬 심장을 만든다

접히고 접혀서 중심을 알아차린
밤의 깊은 울음으로
제 빛깔의 각을 잡는다

뒤척거리는 너와 나 사이 하얗게

솟아난 지상의 작은 별무리

어떻게 우리는 저 매운 안쪽에 다다를까

수런거리는 풀밭

오늘 너는 너른 풀밭에다 코뚜레 벗긴 소를 푼다

구름이 흐르는 쪽으로 서너 마리 날개 푸른 새도 날린다

물가에서 올라온 붉은 꽃들이 낮은 풀숲으로 번질 때

너는 물감이 뚝뚝 떨어지는 붓으로 천천히 너를 칠한다

커다란 너에게서 어린 네가 걸어나온다

맨발의 고요가 흔들리는 오후

수런거리는 풀밭이 완성된다

쓸개의 무게

내겐 이미 사라진 이름. 홀가분하게 부는 바람 쪽으로 곪아터진 쓸개를 버렸다.

나는 이제 쓴맛을 몰라 반짝이는 세월을 만질 수 없네. 떼 지어 꽃들이 벌어지고 과즙이 흐르는 벌판의 구석에서 몇 날을 쓸쓸하게 접혀보았는가.

쿰쿰한 지도를 관통하며 관념의 끝으로 흐르던 강물, 옆구리가 패인 것들이 견딘 자존의 기슭은 얼마나 깊게 무너져 내렸던가.

묵은 피의 무게로 방향을 잡고 새의 날개와 밤 별들에 쓸개 냄새를 묻힌 채 걸어가는, 저기 갈라터진 길과 세상 사람들.

어느 쪽으로도 투명해질 수 없는 몸에 누가 헐거운 이름을 지어 붙이시는가. 측량할 수 없는 무게를 내려놓고 나는 이대로 각을 숨긴 사리. 통째 안개의 나라를 건너온 한 다발 안개꽃. 드러나지 않는 물밑 수로.

사는 방식

누군가의 사는 방식은 고원에서도 바닥이 되는 일이다
걸음마다 이마를 짓찧어 피멍이 되는 일이다

사는 일이 시속 1km

기울어진 길의 언덕에서
고요히 피어나는 오체투지

바닥은 더디게 끓는 것들 차지다

이전과 이후를 지운 채 묵묵묵묵
어떤 순례는 허공 밖의 허공을 만든다

당신이 사는 곳으로
내 나머지를 끌고 순한 관들이 생겨나는 날

가슴도 무릎도 스스로 꺾는 양 떼처럼
골짜기마다 성긴 눈발이 쌓인다

벽의 이력

너의 자리는 늘 벽 앞이다
무엇을 등에 지지 않으면
밥그릇을 채우거나 비울 수 없다는 너는
오래된 구석에 절반은 먹힌 벽
어깨 너머로 스윽, 누군가의 엉큼한
숟가락들이 넘어왔나
뒤통수를 많이 맞아본 사람은
몇 겹의 벽만을 신뢰한다
정수리까지 눌어붙어 희미하게 웃는
너를 잡아떼어내면
핏물이 말라붙은 등가죽이 쩌억,
금 간 평생이 쩌억,
배경에 걸린 열두 달 일력 속
간혹 사막을 건너온 붉은 달이나
푸른 물이 번지는 별들이 뜬다
덧니처럼 어색하게 박힌 탄생일이나
기일이 꽃자루를 흔든다
퀴퀴한 뒷거래의 흔적이 없는,
벽이 키운 이력은 마주한 정면이 환한 문이다

둥긂에 대한 애도

초원을 달리는 칸의 날 선 칼이 둥글다

둥글게 번쩍이는 것에 안심하던 지상의 무연한 것들이 쓰러진다 느닷없이 패인 쪽으로 핏빛 각들을 접어 넣는 어리둥절한 지평선

이쪽에서 저쪽으로 빠르게 달려가는 초승달이나 그믐달, 검은 배경에서 뜨고 저무는 것들은 둥근 칼날을 물고 있다

이제 막 별들의 이름을 익힌 아이들과 저녁 설거지를 끝낸 아낙들의 눈시울을 만지며 둥글게 웃지 마라 이빨이 누런 당신, 발톱을 숨긴 말발굽이 피워 올리는 흙바람은 천만리를 질식시킨다

어떤 정복의 역사는 둥긂에 대한 애도부터 시작해야 한다 착한 풀들은 어디에나 터를 잡고 믿음의 냄새를 기억하는 둥근 칼은 여전히 대를 이어 초원을 탐하니, 위장한 말들의 질주는 후퇴가 없으니,

하얀 기린

세상에 딱 셋뿐이던 하얀 기린 식구가 있었습니다
흔한 기린 족속이 되지 못한 죄로
밀렵꾼에게 식구 둘이 끌려가고
혼자 남은 하얀 기린이 있습니다

왜 귀한 것은 죽여서라도 가지려 한답니까
'귀하다'는 '죽음'과 같은 말일까요
느닷없이 식구 둘을 잃고 혼자 남은 하얀 기린은
제 몸에 색칠을 해야 할까요
진흙 바닥에 뒹굴거나 썩은 나무둥치에 문질러 때를 입혀야 할까요
얼룩진 기린이 되면, 세상에 흔한 기린이 되면,
밀렵꾼들의 총부리가 방향을 돌릴까요

어둑살이 끼는 저녁
밥솥에 쌀을 안치며 하얀 기린을 생각합니다
누군가의 하얀 기린인 줄도 모르는 어떤 기린을 생각합니다
바닥에 드러눕지도, 무엇인가에 기대 물들지도 않는

먼 당신은 나의 하얀 기린
세상의 어떤 것에도 기웃거리지 않는
목이 긴 하얀 기린

꽃관

네가 보내준 히아신스가 한쪽으로 쓰러지는 중이다 숭어리 숭어리 무겁게 기대오는 불덩어리에 마음을 데이던 내 얼떨결도 한쪽으로 쓰러지는 중이다

꼬박 앓는 밤의 바다를 건너왔는가 한 방향으로 무너지는 것들에선 뜨거운 물불의 냄새가 난다 구겨 넣었던 속꽃들 마지막 잔물결을 꺼내 흔들며 속속들이 뒤집어지는 우리 녹빛 꽃바다

어느 날에는 창 너머로 묵은 별들이 쏟아지고 녹슨 꽃자루 바닥을 쓸 때 축 처진 어깨가 사랑의 각도였다고 더디게 서로를 고이며 고마웠다, 고백할까

너무 무거운 건 이름조차 부르기 힘이 들어 속도도 경계도 빠르게 지우는 계절의 전편, 죽도록 찬란했던 사랑의 꽃관들이 열렬하게 뚜껑을 닫는 중이다

겨울로 가는 미래

그 집 파초 한 그루
잎들이 찢어진 채 방방이
바람에 펄럭거리고 있다는 소식입니다
잘게 찢어져야 겨울을 견디고
펄럭거려야 산다는 얘기입니까

우리, 언제 태연하게 찢어질 수 있을까요
서늘한 눈발과 함께 세상을 노래할 수 있을까요

겨울은 눈물을 채우는 시간
바닥까지 얼어붙어야 하는 시간
아득한 봄의 이름으로
속 깊이 지우고 고치는 시간

건강하게 찢어지고 살아낸 몸의 낱장들을 넘기며
파국을 견디는 파초는
그때 그 시절 어린 당신과 내가 함께 심었던 미래입니다

갑골문 편지

그날, 당신에게 딸려 보낸 내가 아직 돌아오지 않습니다. 그곳은 너무 깊고 고요해 어디로 향한 발목이든 피고 질 수 없다는 소문을 문득 들은 것 같기도 합니다. 여긴 자주 안개가 서로를 숨기는 가을입니다. 묵은 길들이 지워지고 새 길이 생기는 중인지 가끔 비밀스럽게 지축이 흔들립니다.

이젠 당신의 체취처럼 그쪽으로 간 사람의 붉은 쪽도 흐릿해지고 있을까요. 안개의 뒤편으로 익은 감들이 사라지는 아침, 누가 읍내로 떠나가는 차의 꽁무니를 따라 달려갑니다. 부디 당신이 다시 오시길, 없는 사람을 업고 돌아와 수없이 균열이 간 빈집을 서늘하게 칠해주시길,

비틀거리는 허깨비들이 수위가 높아진 강물 위로 섶다리 하나 걸치고 있습니다. 그러나 거기, 울음의 안이며 밖인 당신, 그 곁에 어떤 천년을 기억하는 사람이 머물러 있긴 한지요. 두근거리는 양각의 시간들을 새기며, 서러운 음각의 이름들을 새기며, 우리의 시월이 차갑게 앓고 있습니다.

명화의 내력

그가 따온 감이 푸르다
그가 따온 고추가 푸르다
붉은색과 푸른색을 구별하지 못하는
그가 지나온 밭고랑엔 여전히
붉은 것들과 푸른 것들이 섞여 있다
익은 것이나 풋것이나
뭔 그리 먼 사연이겠냐
한 소쿠리 설익은 색들을 안고
무색하게 웃는 그의 계절
색이 섞여 신비해진 그림이다
색을 지워 길이 된 역사다
적과 녹의 분별이 없는
그의 심심한 화폭 속으로 따라 들어가면
벌레 구멍 숭숭한 뒤편이 명화다

도라지꽃

별도 가끔 귀를 접을 때가 있다
너를 향한 내 귀도 접을 때 있다

시가 시인에게

당신의 발소리를 알아들었는지 묵은 바다가 꿈틀거린다. 기다림을 키우던 모래밭도 평수를 넓힌다. 흑해로 흘러드는 에게해처럼 천천히 밀려오는 당신. 이름을 잊지 않았다는 듯, 슬픈 가계를 지우지 않겠다는 듯, 빈 술병이나 깡통들이 허술한 전진을 넘어뜨리기도 한다. 굴러다니는 종족은 금방 뒷등이 들썩거린다. 한 슬픔이 한 슬픔의 밤을 닦아주는 동안, 한 사랑이 한 사랑의 꽃잎을 펼치는 사이, 열매를 찾는 이름으로 적막한 해변에 시끄러운 날개를 비비는 당신. 그거 아니? 흑해로 흘러든 에게해 물이 다시 돌아나가는 데 오천년이 걸린다는. 소문의 물길을 탄 당신은 이미 내 반만년의 파문. 가장 질긴 문장의 포로.

회고록

어디다 부려놨을까
당신의 무릎 아래는
떨어져나간 복사뼈
사라진 뒤꿈치
달아난 발가락들아
없는 것들이 만든 통증은
나무와 꽃과 새들로 무성무성
몸의 전편에서 뿌리를 뻗는데

완치가 어렵겠어요
환상통이라,

환상이 밤낮을 꾸리고 있었군
바쁜 강둑을 돌아 부신 날개를 펼치고
없는 얼굴이 웃었군
퉁퉁 불은 별들을 쏟아내며
발바닥이 키운 언덕아
첨벙거리던 웅덩이들아
희망은 엎어진 길을 업고 흔적도 없는데
〉

어디쯤에 던져 넣었나
사라진 것들이 살아내는 것들을 뜯어먹는 동안
환상이 키운 당신의 절벽이 낱낱이 쓴 회고록

이월 초하루

잊혀진 것들은
어둡고 습한 색깔의
눈을 만들고 뿔을 만들지

세상을 들이받으며
뿌리내릴 바닥을 찾지

겨울을 고독하게 견딘
감자가 밀어내는 독들을 좀 봐

따돌려진 것들의 뜨거운 이미지

뿔난 것들이 세상을 선명하게 평정하지

나는 너무 오래 관념적으로 살았어

2부

믿는 구석

사방을 뭉개며 종일 눈발이 쏟아졌습니다

모퉁이를 만들며 떨던 것들이 사라졌어요

싱싱하게 지워진 얼룩들

다시 글썽거리는 그리움이 생겨났습니다

우리의 모든 구간이 편안해졌어요

온몸이 접힌 너를 위해

어떤 밤은 아픔을 묻어두고 홀로 저를 건너간다

먼 곳으로부터 건너온 붉은 걸음은
고단했던 절벽마다 별을 띄운다

어둠의 모퉁이를 돌아 천상으로 번져가는
속 깊은 주름

밤의 만년을 기억하는 이 많은 무늬들을 끌어안고

온몸이 접힌 너를 위해 어떤 밤은
가장 깊은 별을 꺼내 아랫목을 펼치는 것이다

시인의 집

담벼락 아래 퍼질러 앉아 있는 토우는 어디 먼 행성에서 걸어와 잠시 머무는 것 같아요. 무슨 속정 애틋하게 쏟아내는지 별을 닮은 꽃들이 그쪽으로 기울어져 피고 지네요. 허름한 몸통 하나로 시끄러운 세상과 맞장을 뜨며 한판 잘도 놀아주는, 온통 질펀한 바닥이며 새의 냄새가 나는 창공, 당신 맞죠? 가끔 길손들이 멈춰 궁금한 귀를 갖다 대면 붉은 속내를 펴내 울음통을 터뜨리기도 하잖아요. 내 아픔의 곳간이며 영원으로 가는 주막. 여기, 저 잠시 머물다 가도 되겠는지요.

꽃 지는 밤

허물어지는 바깥이 새 틀을 짠다

흔들리며 넓어지는 화폭

실패한 것일수록 방향이 많다

희망은 선불리 리셋되지 않고

사랑이나 이별이나 캄캄하긴 마찬가지

몸이든 마음이든 바닥에 닿아보면 알아

질펀하게 꽃잎들이 지는 밤

성급하게 별들이 돋질 않아 다행이다

복사골

지금은 모두 다 사라지고 없는 밤
어쩌다 여기에 홀로 닿아 등불을 끄고 누웠어요

쓸쓸쓸쓸
귀뚜라미가 묵은 밤을 쓸어대고 있군요
밀쳐둔 것들이 쓸쓸을 키우고 있었어요

아무래도 밤은 이미 나를 다 알아챈 것 같아요
먼 곳에서 따라온 것들을 속속들이 지워대잖아요

당신이 만들어둔 밀실에서 이제
쓸쓸은 물컹하게 쏟아져 나오는 나의 밤을
뜨겁게 파먹을 수 있겠어요

쑥전 동봉

그때, 그곳에 처음 발을 들였을 때, 어리둥절한 내게 너는 사랑과 이별에 대해 아득하게 쏟아냈지. 여름의 끝물 모기들이 말과 말 사이를 물어대던 창가에서 뭉개지고 엎어지며 우리의 청춘은 오래 허둥거렸어. 어쩌면 엄청 어리석거나 현명하게 세상에 없던 시절을 만들고 지웠는지 몰라. 너의 계절이 온통 세상을 물들이는 동안 나? 여전히 이쪽과 저쪽 사이에서 낯설게 중얼거리지 뭐. 숙맥이야. 오늘 쑥을 캤어. 쑥전을 부쳤는데 괜찮네. 그냥, 한잔해. 이도 저도 시시하긴 마찬가지인 것 같아. 한바탕 천둥이 치면 좋겠네. 이 나른한 고요가 너무 길어. 바람과 바람 사이의 고요는 더 무섭더라고.

가을학기

잠시 비 그치고 새소리 다정합니다. 젖은 것은 젖은 대로 환한 것은 환한 대로 시간의 냄새를 묻힌 채 뜸을 들이는군요. 익어가는 것들 앞에선 잠시 걸음을 멈추고 설익은 속을 내보여주어도 괜찮아요. 연 사흘 맨발로 추적거려도 좋아요. 둥근 길목마다 아프거나, 뜨겁거나, 좀 더 외롭고 쓸쓸해지거나, 엎드려 울먹거리거나,

지금부터 당신은 온통 마디마디 찬란한 가을이니까요.

소쩍새 우는 밤

어린 나는 자주 체했어
그때마다 엄마는 엄숙하게 의식을 치렀지
바가지에 만 물밥을 식칼로 저으며
이 밥 먹고 나가라, 낮게 중얼거리며
꺽꺽거리는 내 안의 누군가에게 물밥을 멕였어
내 몸속 그놈을 잡아 바가지에 담고
마당으로 나가 칼을 던졌어
삽작 밖으로 칼끝이 향할 때까지 던지고 또 던졌어
다신 오지 마라, 줄 것 없다
흔적 없는 발소리 뒤로 칼자국 깊은 십자가를 그었어
나는 뚫린 창호지 구멍으로
차가운 물밥을 얻어먹고 쫓겨나가는
걸신의 뒷등을 언뜻 본 것도 같아
부글거리는 배 엄마의 약손에 맡기고 잠이 들 때
솥 텅 솥 텅 먼 곳에서 우는 소쩍새 소리
우리의 고픈 밤을 오래 흔들었어

은유엔 가시가 많다

이 뜨거운 꽃기침, 달달한 비말에 첩첩 사방이 젖는다. 올해도 성공이군. 휘청거리는 골목 안까지 접수했잖아. 속이 아득한 것들은 눈만 떠도 전염성이 지독해. 꺾어버릴 수도 안아버릴 수도 없는, 너라는 이름에 끌려 착한 세상이 저를 다 내놓는다. 아무래도 힘 센 너의 계절은 좀 더 오래갈 것 같아. 이 붉은 창구 앞에 서서 즐거운 줄을 봐. 앗, 따가워. 은유의 면류관에 가시를 숨긴 채 심심한 세상을 접수하고 있는, 너, 누구니?

귀향 365번지

별밖에 볼 일이 없다는 캄캄한 사람이 있습니다. 어둠밖에 볼 수 없다는 뜨거운 별이 있습니다. 그들의 어둑한 말들을 들으며 돌아앉아 가슴을 닦는 밤의 뒷등이 깊습니다.

보아주는 이 없어도 저 홀로 빛나던 사람들이 돌아오는 곳. 돌아오는 것들은 다 주머니를 털어냅니다. 텅텅 빈 여기가 거기 맞냐고, 떠돌던 소문들도 걸음을 멈춥니다.

평생을 굽은 허리 엎드린 채 누진한 기다림을 채색하는, 목이 긴 지번이 있습니다.

새들이 당도했다

몇 번의 겨울이 지나가고

아무도 내다보지 않는 곳

홀로 아픈 창을 여닫으며

강은 무너지는 산 그림자를 안은 채

오래 버티었다

그리고,

먼 발소리

변명이 많은 이름으로

방향을 잃은 새들이 당도했다

11월의 계곡

멀리서 걸어온 꽃들이 자리를 잡는다

강물은 흐르기를 멈추고 늦은 꽃들의 저녁을 들어 올린다

누군가 엎드려 이름을 지우는 동안
새들이 묵은 둥지를 뜬다
나무들이 자물쇠를 버리고
바람이 지도책을 덮고
신발을 벗은 길들이 별들의 그늘로 들어가 웅크리는
계절,

늙은 창문이 사방으로 불을 켠다
멀리서 걸어온 것들을 위해
고요히 끓는 어떤 제국

흘러내리던 꽃들의 종탑이 천천히 방향을 고쳐 앉는다

사랑이란 거처

돌아와 당신의 집 방방에 군불을 넣는다
늙은 돌배나무에 저녁이 걸터앉을 때
기척만으로도 저릿한 이름들

마당 밖으로 깔리던 연기가 고단한 처마 끝을 들어 올린다
여기라면 맘 놓고 어떤 곡절이든 풀어버릴 수 있겠다

까마귀와 까치들이 엉겨 날아오르는 강기슭 저편에서
노을을 뒤집어쓴 누군가 돌아오는 소리
돌아온다는 것은 어떤 마디든 새로 엮을 수 있다는 것

절절 끓는 아랫목에 언 발을 묻은 채
서걱거리는 몸과 마음을 섞는 밤의 대숲
다시, 신생의 울음소리 사방을 흔들어대겠다

초점이 생기는 날

당신은 당신이 찍은 꽃사진을 들고 울상입니다. 잘못 찍었다고, 꽃들이 다 희미하다고, 흐린 바탕을 후후 불며 닦으며 구겨집니다.

뭔 일이냐고, 초점이 기가 막히게 잘 맞았다고, 어디 꽃만 주인공이겠냐고, 선명한 배경이 오늘은 주인공이라고, 마주앉은 당신의 당신이 다림질을 합니다.

그렇다고, 맞다고, 어디 주인공이 정해졌겠냐고, 당신과 당신의 괄호 밖들도 소리 내어 웃습니다.

찔레꽃 전설

단칸 셋방에다 신방을 차린 어린 신부는
밀어닥친 신랑의 친구들 앞에서
가늘가늘 꽃노래로 집들이를 했단다
두고 온 남쪽 나라, 언덕 위 초가삼간,
못 잊을 동무들이 불려나와 접시 접시
어린 신부를 울리고
19공탄 화덕 위엔 저물도록
밥물이 끓어넘쳤다지

구멍 숭숭한 담벼락이 사철의 안팎을 흔들어댈 때
수틀자국 빼곤한 앞치마로
취한 북두성 주정주정 받아 안으며
그렇게 수십 년 붉은 찔레꽃밭
아프게 평수를 넓혔다던가

희미해진 늙은 신부를 들여다보며
뭉툭뭉툭 늙은 신랑이 웃는 날
먼 북간도 같은 어느 묵은 신혼방에선
세상 비탈을 건너온 상처들

히히 호호 겁 없이 피고 지고
가시 뭉개진 몸 기댄 채 긁어주고 있다던가

3부

어쩌다,

순전히 들창 탓이다 바깥이란 이름 탓이다 설레는 어느 날을 어리둥절 열어젖혀 온몸이 별밭인 너와 눈 맞은 탓이다

뜨거운 비탈에 층층이 만든 계단 나와 너 밟아 올린 날들이 꽃등이다 아니다 단락도 깊은 소리 없는 꿈이다

등고선 높은 지도 사방으로 펼쳐놓고 따뜻한 골골마다 집을 짓자 덤빈 날들 무거운 씨방 탓이다 어쩌다, 시인이란

국물이 끓는 동안

나는 나를 치댄다
나는 나를 뜯는다

반죽이 덜 된 겉과 속
저물도록 주물러댄다

따라온 바깥이 흐릿해지고
뜯는 것과 끓는 것 사이로 빠르게

닳은 손바닥들이
낡은 발바닥들이
마구 떴다 뒤집힌다

내가 이렇게도 많았나

뜯긴 하루가 길길이
뻔하게 끝나는 드라마 쪽으로

끓어넘친다

후기

새들이 깃털을 뽑아 던지고

기차가 붉은 바다에 빠지고

따끈한 김이 나는 밥그릇이 엎어지고

소나기가 들판을 지우고

말들이

둥근 모자를 돌려쓴 채

부르튼 발바닥을 탁탁 털어내고

느닷없이

처음인 듯 다시 낯선 기호들

행간을 만든다

꽃담

떠나가는 이들의 뒤끝이 담의 속을 조금씩 갈랐어요

갈라진 틈 사이에 씀바귀들이 자리를 잡았어요

노란 꽃무리를 품은 담이 좋아라
저를 야금야금 더 찢었어요

지나가는 것들이 멈춰 꽃담을 사랑하고
꽃들을 안은 채 꽃담은
조금씩 무너지고 있었어요

가면의 제국

이 나라에 당도해서야 나는 얼굴을 버리네
접근이 쉽지 않은 절벽을 넘어
뛰어내릴 수 없는 서성거림을 넘어
천년을 건너온 물의 나라

길을 늘리는 얼굴과
벽으로 걸어가는 얼굴과
허공에서 노래하는 얼굴들

여기 다 접수하고 당신, 살아 있었군
키들키들 웃으며 어디를 오래 둘러온 듯
더 이상 뭉개지지 않을 눈과 입꼬리
감출 것도 들킬 것도 없는 유랑의 끝

이제 황홀한 축제의 시작

당신 눈 속에 고단을 풀고
당신 입 속에 거미줄을 치고
당신 첫사랑이 되어 출렁거릴까

다시 천년 동안 가면의 새끼들을 만들고
가면의 시민으로 반짝거릴까

나는 낯선 물의 제국 가운데에 파고들어
영원히 지지 않을 그대 쪽으로
헛헛하게 각을 풀어보는 것이다

그 남자가 사는 행성

옥탑방에 세 들어 사는 그 사내는
텃새들의 텃세에 새가 되지 못한다
이쪽과 저쪽 사이 어둠이 부풀면
납작해진 어깨를 털며 퍼덕거려본다
사라질 곳도 없는데

별에 가까운 것들에선 이미 별의 냄새가 난다
어둠 쪽으로 모가지를 비틀어 반짝거리는
지상의 옥탑들

흠, 어떤 눈물은 떨어져 신생의 별자리를 만들기도 하는군

야근을 하고 돌아온 사내는 가끔
햇살에 취한 채 옥탑방을 번쩍 들어
골목 밖으로 던지기도 한다
그런 날 초록 옥상의 파고가 높아지고
철새의 똥으로 떨어져 사내의 구석이 된 도라지꽃 화분이
젖은 빨랫줄에 걸린 채 울먹거린다

돌아가자 가자 치마를 접지만
쌓인 날들이 유성처럼 흘러내린다

잘 있나?

변두리 별들의 타전이 우편함을 흔드는 날
혹성을 닮은 사내는 멍든 도라지꽃을 안은 채
덜컹거리는 옥탑의 쪽문을 열었다

미친 완료

그곳으로 눈발이 퍼붓는다. 사월의 속편을 만지며 너에게 퍼 올리던 말들이 느닷없이 접질린다. 언덕마다 마무리되지 못한 구절들이 쓰러진다. 더 이상 화음을 만들 수 없다는 너의 답장은 기어이 뒷장이 사라진다. 관계는 늘 예고 없이 전모를 닫는다. '죽자사자'란 도발도 슬며시 그늘 속으로 잦아든다. 시작도 끝도 다 느닷없는 거라고, 마디마디 삐끗한 화엄이라고, 희고 고요한 신의 정수리처럼 사월천지 완결이란 이름의 눈발들 미친 듯 흩날린다.

지직거리는 시절 1

어디에서도 정착하기 힘들지

꽃아,

전부를 흔들고 떠나는 것들에 구석을 던지며

꽃아,

그리운 것들은 왜 늘 주파수가 맞지 않을까

어렵게 낸 통로를 적시며

오늘은 우리 곁으로

좀 더 오래 비가 내리는구나

지직거리는 시절 2

한쪽이 어두운 당신의 방향은
언제나 내게 설레는 곳

너무 깊어 고요한 말씀들이
모여든 계곡의 안

고인 것들은 뜨거운 곳간을 만들고
고요가 키운 쪽으로
당신은 무럭무럭 자란다

방향이 확실한 계절이 울음의 귀퉁이를 접을 때
기울기가 다른 쪽에선 서로 다른 말들이 뒤척거리지

물드는 잎은 흔들리는 잎들에 기댄 채

고요가 데우는 우리의 깊은

난독

난청

꽃의 생명선

처음부터 없었다. 그 많은 안개를 먹어치워야 했던 비탈에서 심장은 어둠의 힘으로 뛰었다. 시절이란 말에 익숙해졌을 때, 길은 만들어 붙이는 것이란 걸 알았다. 패인 것들은 가파르게 아물어가는 방법을 깨쳤고, 소멸이란 말이 생명일 수도 있겠다 싶을 때 먼 별들이 보였다. 반짝이는 것들이 저문 절벽에 새끼를 쏟던 날, 진다는 말은 핀다는 말을 업고 흔들렸다. 명줄은 그렇게 경계를 넘어 만들고 이어지고 사라지는 줄. 나는 나의 일생을 손바닥에 새겼다. 발바닥에 새겼다. 믿어야 한다. 나의 주름을, 나의 씨방을, 믿어야 한다. 세상은 언제나 현재형. 꽃이란 이름에 숨을 새기며, 번지며, 흩날리며,

사라진 페이지

사막을 지나 지중해를 건너 스칸디나비아 북쪽으로 날아가는 '멋쟁이나비'는 낮이든 밤이든 보이지 않는 지상 500미터, 흐르는 바람 속으로 전부를 얹고 떠난다지요 남은 이들이 잊었다 싶을 때 방향을 돌려 떠났던 자리로 돌아온다지요

궁금하지 않습니다 사라졌던 그 시각
뜯겨나간 페이지

부디 돌아오지 마소서 들추지 마소서 아버지

어떤 낯선 이름도 깃발의 역사도 혁명도 몰이꾼도 자기 별로 돌아가지 못한 여우도

난 이미 다 버렸으니 잊었으니

당신의 사막과 지중해와 스칸디나비아도 지도 밖으로 지웠으니
〉

저녁별 같던 내 사람들 다 사라졌으니

나는 홀로 꽃 다 진 벌판에서 박제된 이름의 곤충기를 쓰고 읽고 찢어버렸으니

경계를 넘은 것들

이제 홀가분해졌으면 좋겠어
새가 밟고 간 강물의 정면처럼
바람이 건너간 나무의 뒤편처럼
금방 바래질 웃음으로는 그림이 되질 않잖아

누군가 던져 넣은 돌멩이가 바닥을 쳤겠다
경계를 넘은 것들의 힘을 믿어

떠오른 물의 바닥이
나무의 길로 번져갈 때
풍경을 익히는 골짜기를 봐
홀로 소용돌이친 색들은 앉기만 해도 절창이다

보름을 지나 그믐으로 가는 하현,
구부러지며 만든 품은
골방마저 뜨겁다
능청스럽게 계절의 저편으로 그만
옮겨 앉아도 좋겠어
이미 정결한 숨과

진한 울음 잎잎이

완성의 빛깔로 너에게 닿아 있으므로

밥의 나라

그 땅의 바오밥들이
말라비틀어진다는 소문
누군가의 밥그릇이 깨어진다는 얘기
깃들어 살던 어린 왕자와
설레던 첫 편지와
박쥐와 코끼리와
내 완전한 그리움이 빠져나간다는 뜻밖

글썽거리는 물관을 틀어놓고
없는 내일 쪽으로 수위가 낮아지는
당신의 나라 천년

노출이 심한 사진 한 장은
가닿지 못한 타국이 아니었다

어둠을 끓이는 별밭 사이
어둑하게 걸어온 이여,
실한 멍석을 펼쳐놓고
밥그릇 같은 국그릇 같은

세상 한 상 뜨겁게 달그락거리자
오늘도 안녕

간판에 불이 들어올 때

사거리에 서서 잠시 머뭇거리는 동안
끝물 꽃잎들이 얼굴에 들러붙는다

반짝, 한번 켜져보라고

달짝한 화근내를 풍기며
붉은 물기가 남은 입술로
낯선 행성의 말을 흘린다

꽃이 꽃이란 언덕을 넘어
쉿내 나는 저녁에 당도하는 사이

건너편 낮은 집 간판에 불이 들어온다

겹겹이 무슨 기억을 품고 날아와
세상을 덮는 꽃잎들아

저녁의 지친 이름들에 반짝, 불을 켜주며
〉

커다란 나무 아래로 지나가는
이 붉은 전생아

편먹기

처음, '불'이란 소릴 들었을 때 불火인 줄 알았어요. 내 안의 심지를 올리며 순진하게 타올랐어요.

다시, '불'이야, 들었을 때 고요히 불佛을 생각했어요. 그럼, 내게도 불성이 있지. 엉성하게 웃었어요.

바람에 섞여 날아온 당신의 도리질, 또 다른 '불'을 들이밀었어요. 이건 떡이 아니야. 편을 먹은 '편'을 보여주었어요.

내 안의 어린 불火과 불佛이 어리석게 뒤척거리다 사라진 자리, 거북한 불不의 편이 터를 잡았어요.

송편인 듯 절편인 듯 당신이 가져다 준 '불편'을 먹으며 나는 오래 트림을 했어요.

4부

예고편

희미한 나무들이 배경이다

한 사람이 내려오고

한 사람이 올라간다

내려오는 잿빛 승복도

올라가는 물색 등산복도

졸라맨 등짐을 졌다

느리게 안개를 휘저으며 걷는 동안

사람들은 조금씩 귀퉁이가 사라진다

어디쯤에서 새들은 젖은 날개를 접은 채

두리번거리고 있을까

〉

나무들이 기울어지는 쪽으로

사람들이 빠져나가는 쪽으로

새들의 말들이 고요하게 흩어지고 있다

물 위에 쓰다

절집으로 올라가는 계곡에 오래된 흙집 하나
반 쯤 지우개로 지우다 만 듯 남아 있다
바람 속으로 먼지가 되어가는 집은
참 아름답다 그자
혼자 중얼거리며 건들건들 걸어가는데
집보다 더 많은 지우개의 흔적을 달고
희미한 여자 하나 계곡 아래 앉아 있다
맞은편에 등짐을 내려놓고 잠시
손을 씻다가 목수건을 물에 적시다가
짐 속에서 꺼낸 참외를 씻을 때도
늙은 여자는 바위에 붙은 얼룩버섯마냥
꼼짝도 하지 않았다
갑자기 민망해져 바지를 걷고 물을 건너
잘못을 저지른 아이처럼 멈칫거리며
단내 나는 참외 하나를 슬몃 곁으로 밀었다
앙상한 나무뿌리 손으로 순간 나를 휘감고
히, 늙은 여자가 뭉개지는 바람소리를 냈다
봤어?
내가 써서 보낸 편지 봤어?

왜 인제 와?
궁시렁궁시렁 뭔가를 쓰고 있는 늙은 여자와
엉거주춤 행간에 서 있는 나를 좀 지우고는
바람이 잡목 숲으로 사라지고
어리둥절한 내가 잠시 휘청거리는 동안
바람이 떨어뜨린 나뭇잎들 한 장 한 장
물 위에 우표를 붙이고 있다

바람의 이름으로

산양 떼 식구를 늘리는 물가에서 마침내 자리를 펼칩니다

갈라진 구름의 맨발들이 암벽을 닦는 능선 너머 먼 모래바람 무시로 들이닥치는군요

엎드려 나직하게 당신을 불러보면 순식간에 나를 통과하는 이백년

돌아왔어요, 당신의 이름을 닮은 골짜기 아득하게 두드리면 오래된 이름이 석궁 끝으로 돌아옵니다

사막을 건너오는 말발굽 소리, 마지막 사랑의 별자리 쏟아지던 방향으로 느닷없이 진눈깨비 쏟아집니다

떨리는 힘으로 당신에게 기대면 복종을 모르던 이름들 사방으로 살아나고 내 뜨거운 정수리에 독수리의 깃털을 꽂습니다

〉

우리의 바깥에 모닥불을 피워놓고 죽은 나뭇가지 꺾대

기에 앉은 까마귀처럼 캄캄하게 당신을 쏟아붓는 당신, 이전인지 이후인지 타오르는 불춤이 시온의 절벽을 울립니다

사라진 건 지도일 뿐 바람의 이름으로 여기, 산양 떼처럼 새살림을 차려요 우리,

유쾌한 골짜기

꽃들이 우르르르르 쏟아지네

와,
꽃눈이다
꽃비다
사라지는 꽃청춘이다

사람들이 지는 꽃들 속으로 소리를 지르며 흐른다

올 때도 갈 때도 세상을 흔드는 꽃이란 이름

꽃 같은 인연으로 꽃자리에 들어
물든 당신
물들이는 당신

사랑도 이별도 찬란한 꽃능선이네

생사의 골짜기 젖은 그림자의 안쪽까지
유쾌한 꽃관이네

그믐

저녁상이 식고 있네요

강물 속으로 노을이 번지는데

백로 떼는 이미 앞산 능선을 넘어갔는데

품 다 열어놓은 채 기다림으로 서성거리는 대청

어디쯤 오고 있는지요

대숲 헛기침만 바람 속으로

휘어지고 있네요

맨발로 이슬이

새벽 등산길 발목에 누가 자꾸 칼금을 긋네요. 쓰린 상처를 불며 주저앉아 낮게 엎드리면 거기 풀잎 위를 걸어가고 있는 부신 몸짓들. 예리한 칼의 길 위로 붉은 맨발 올려놓았어요. 두 팔 허공에 찔러 넣고 주춤거리는 등 후리치며 비릿하게 여는 길은 언제나 내 무게만큼 휘청거리지요. 바람과 구름과 풀잎과 돌을 두드려 작두날 위로 영신을 하던 그 굿판 무녀처럼, 칼금 새긴 맨발 하나로 둥글게 구부린 이슬의 후기는 내 풀의 길에 찍힌 무덤 같은 방점.

여자의 언덕

풀밭에 잠시 누워
둥글게 구부러진
땅의 맥박 소리 듣고 있을 때

노랑나비 한 마리 날개를 내렸다

출렁,

식어가는 몸을 열고
나비를 받아 안았다

뿌리혹 속으로 잦아드는
꿀물을 뽑아 올리며

순간, 반짝 세상이 환해지는
꽃봉오리의 오르가즘

노을이 내리는 언덕 위에
꿈인 듯 느릿하게
늦은 봄날이 건너가고 있다

기름집 일가

비탈 몸 아직도 더 짜낼 것들이 남았는지
기름집 좁은 평상은 날마다 만원이다
하품도 재채기도 훌쩍거리는 콧물도

달달 볶이는 건 참깨나 들깨나 같네
보석 두른 년이나 수건 두른 년이나
가방끈 긴 년이나 짧은 년이나
단솥에 들어갔다 나오면 그게 그거지

허리가 반이나 꺾인 자루의 말을 받아
다른 자루들도 얼룩덜룩 한 마디씩 보탠다

함부로 누굴 밀어낸 적 없는 평상 위로
속을 뒤집어 털어내는
형님아
아우야

흘러내리는 기름병을 핥는 오후
착유기 앞에 고소하게 일가를 이룬
어스름이 한 양푼 동네를 비벼먹는다

텅 빈 완성

절집 앞에 '구세'란 나무가 있네요. 한 세상 건너오며 얼마나 속을 끓였는지 까맣게 탄 가슴이 텅 비었어요. 벌레를 품고, 바람을 품고, 먼 별들을 품고, 품고 품다 파먹혔을까요. 죽어 구멍으로 살아난 나무는 찾아온 사람들을 천천히 구겨 넣네요. 자비란 이런 것이란 듯, 속속들이 삭는 것이란 듯, 층층이 삭은 속으로 사람들을 끌어들이네요. 여기까지 걸어온 동안을 이렇게 보여주네요. 아무래도 고개를 숙이고 들어가는 이들을 간단없이 전부 구멍으로 만들어버릴 참인가 봐요. 완성을 위해 우리도 그만 들어가봐야겠지요?

완벽한 양념

수십 년 묵은 여자의 적정량은 알아서 대충인걸요. 간장도 대충, 고춧가루도 대충, 마늘 생강 설탕도 대충, 대충이란 말보다 더 적당한 양념이 있을까. 세련된 셰프의 반짝거리는 스푼이나 저울보다 손맛 구수하게 들어오는 소리. 이것저것 대충 집어넣고 보글보글 끓여낸 뚝배기 된장처럼, 눈대중 마름질로 대충 만든 엄마의 옷처럼, 맛나고 속 편안한 대충. 그리 살아보아요. 틈 없이 재단하던 자의 눈금도 희미해지고 빡빡하던 저울의 눈매도 헐렁해졌어요. 때 끼게 계량을 따지지 말고 사랑도 미움도 헐렁하게 대충, 텅 빈 대나무처럼 속속들이 충만하게 대충, 대충.

산 너머 남촌에는

아직도 당신은 속는다
너머가 만든 남촌을 믿는다

꿈인 듯 별도 달도 해도 만들 거라는
당신의 너머엔 날마다
모르는 이름들 생겨나고
봄바람 꽃바람 서로 엉켜 언덕을 살린다

누구는 평생을 넘어온 너머를 향해
헛기침을 하기도 하는데

여전히 노래 속으로 당신
달콤한 화폭을 펼친다
밀 익는 오월 보리 내음
봄마중 취한 뒷자락 붙든 채
좋다좋다 넘어진다

산 너머 남촌에는 그냥 당신들이 사는 곳
강 건너 북촌에 그냥 당신들이 살 듯

미역국을 끓이자

7월에 내 지도는 맹골죽도
바위마다 붙어사는 물미역

큰 망 둘러메고 아득한 갯바위에 붙어
넌출거려야지
흔들려야지
미끄러져야지

어떤 조류는 물까지 뼈다
세상 센물을 건너오는 동안
부드럽고 단단하게 나는
미역국을 끓이고 먹기도 했다

당신의 생일을 축하하며
당신의 탈락을 아파하며

우리를 말아먹은 미역국
우리 피를 씻어준 미역국
〉

7월엔 맹골죽도 바위 절벽마다
다시 지도를 만들자

오후 4시 30분

라디오를 맨 노인이 느릿느릿 지나간다

복지관의 시계는 오늘도 정확하다

지팡이 끝으로 흘러내리는 사랑이 골짜기를 만든다

뜻밖의 이별과 당연한 그리움을 저장한
추억은 딱 이 시각을 물고 흔든다 고맙게도

세상의 구석을 알아버린 새들이 순식간에 겨울 산을 뭉개고

금방 지나갈,
금방 사라질,
눈물이 그렁한 노래의 마디 사이

저녁쌀을 씻던 동네가 잠깐 부풀어 오른다

지직거리는 오후 4시 30분
〉

이후는 다 반복 후렴구로 저문다

명당

내 지번은
등짝이 뜨거운 비탈

가파르게 번지는
풀꽃들 천지

당신이 기대앉아
한숨 돌리기 쉬운 곳

부르튼 세상의 페이지
펼치고 수선하기 딱 좋은 곳

첫사랑

비틀거리는 시간에 신발을 신겨주던 너

떨고 있는 눈물에 단추를 채워주던 너

꽃사슴이 출몰하는 골짜기 태생들은

도무지 멈추어 설 지점이 어디냐고

문수도 없는 울음 절벽 밖으로 쏟아내며

아득 저편에 가닿던 너

내가 알지 못하는 먼 곳에서

수시로 달려와 어둑한 나를 흔들고 가는 너

해설

해설

사이에 대한 사색과 거리의 미학

황정산(시인/문학평론가)

1. 들어가며

사람들은 모두 하나 되기를 좋아한다. 한 민족, 한 나라, 한 가족, 모두 하나로 모여 한뜻으로 함께 사는 것을 좋은 세상이라고 생각한다. 그래야 '나'라는 작고 약한 존재가 큰 힘을 가진 집단의 일원이 되어 든든한 뒷배를 갖는 안도감을 가지게 된다. 또 하나가 되어야 갈등이 없고 분란이 없는 평온하고 안정된 사회가 된다고 믿는다.

하지만 모두가 같은 생각, 모두가 하나가 되어 일사분란하게 움직이는 세상을 생각하면 그것은 너무도 끔찍한 일이다. 개인들은 조직에 복속된 부속품이거나 집단을 위해 희생되어야 할 소모품이 되어버릴 것이고 나와 너의 구별이 필요 없는 같은 얼굴 같은 복장의 몰개성의 존재로 살아가게 될 것이다. 어찌 보면 인간의 역사는 끊임없이 집단으로부터 가해지는 폭력을 거부하며 개인을 찾아가는 고투의 과정이었다 해도 과언은 아니다. 그러나 또 그럴수록 집단의 힘은 다양한 모습으로 다시 나타나 인간의 개별성을 지우고 억압하고자 한다.

현대 사회에서는 자본이 바로 그 역할을 대신하고 있다. 자본은 욕망을 통해 인간을 하나로 지배한다. 자본의 지배하에서 우리는 지금 욕망의 과다 시대에 살고 있다. 눈만 뜨면 우리의 욕망을 자극하는 각종 선전 문구들이 우리를 둘러싸고 있고 어디를 가나 우리의 욕망을 채울 온갖 상품들이 우리의 눈을 유혹한다. 더욱 커진 욕망의 결핍을 채우기 위해 남들보다 더 많이 가지고 더 높이 올라서야 한다. 이것을 위해 어렸을 때부터 경쟁에 뛰어들며 불행과 고통과 좌절을 감내하고 살아가고 있다. 욕망의 충족으로 우리의 행복이 증진되기보다 우리 모두는 욕망의 노예가 되어 더 큰 불행의 심연에서 헤어나지 못하고 있다.

현대 사회가 가진 많은 문제도 사실은 이 비대해진 욕망 때문일 것이다. 사회와 그 안에서의 역할에 매몰되어 자신의 정체성과 주체성을 상실하고 도구가 되어버린 인간 소외의 문제도 이 욕망과 관련이 깊다. 인간이 주체가 되어 자신의 욕망을 스스로 채워나가는 것이 아니라 너무 비대해진 욕망이 거꾸로 인간의 삶을 지배한 것이 바로 이 소외이다. 사람과 사람 사이가 소원해지는 분자화의 문제도 이 욕망의 문제와 직결된다. 나의 욕망이 강조될수록 타인은 내게 욕망의 대상일 뿐이다. 내게 어떤 욕망도 불러일으키지 못한 타인은 내 삶과 아무런 관련이 없는 타자가 된다. 그들의 삶은 내 삶으로부터 추방된다. 우리 모두는 이렇게 누군가로부터 추방된 존재가 되어 결국 고독한 개인으로만 남아 있게 되는 것이다.

권애숙 시인의 시들은 이런 욕망으로 하나 되는 시대에 한 개인이 또 다른 존재를 만나는 방식에 대한 탐구를 보여준다. 다시 말해 그의 시들은 '사이'에 대한 성찰이라 할 수 있다.

2. 존재와 존재들 간의 거리

앞서도 얘기했듯이 개인화가 진행되고 개성이 중시되는 현대 사회에서도 우리는 하나로 통합되어간다. 그것은 우리의 욕망을 통합해서 더 큰 이윤을 남기려는 자본의 힘 때문이다. 그래서 모두가 똑 같은 것들을 유행이라는 이름으로 소비하고 트렌드를 쫓는 삶을 추구한다. 다음 시는 이렇게 개인의 삶을 무화시키려는 집단의 폭압을 비유를 통해 비판하고 있다.

초원을 달리는 칸의 날 선 칼이 둥글다
〉

둥글게 번쩍이는 것에 안심하던 지상의 무연한 것들이 쓰러진다 느닷없이 패인 쪽으로 핏빛 각들을 접어 넣는 어리둥절한 지평선

이쪽에서 저쪽으로 빠르게 달려가는 초승달이나 그믐달, 검은 배경에서 뜨고 저무는 것들은 둥근 칼날을 물고 있다

이제 막 별들의 이름을 익힌 아이들과 저녁 설거지를 끝낸 아낙들의 눈시울을 만지며 둥글게 웃지 마라 이빨이 누런 당신, 발톱을 숨긴 말발굽이 피워 올리는 흙바람은 천만리를 질식시킨다

어떤 정복의 역사는 둥긂에 대한 애도부터 시작해야 한다 착한 풀들은 어디에나 터를 잡고 믿음의 냄새를 기억하는 둥근 칼은 여전히 대를 이어 초원을 탐하니, 위장한 말들의 질주는 후퇴가 없으니,

—「둥긂에 대한 애도」 전문

둥근 것들은 원만함과 통합의 상징이다. 둥근 원 안에서 개인은 모두 하나가 된다. 그러나 그것은 인간을 억압하고 집단에 복속시켜 영토화하려는 보이지 않는 권력의 기획이기도 하다. 시인은 그것을 칸의 둥근 반월도로 비유하여 우리에게 보여준다. 그것은 "초원을 탐"해 인간의 삶을 자신의 권력 아래로 복종시키고 "천만리를 질식시"

키는 폭력의 도구가 되기도 한다. 권애숙 시인이 시를 쓰는 이유는 바로 이렇게 둥근 것으로 가장된 집단의 폭압에 저항하는 일이기도 하다. 다음 시가 그것을 말해준다.

잊혀진 것들은
어둡고 습한 색깔의
눈을 만들고 뿔을 만들지

세상을 들이받으며
뿌리내릴 바닥을 찾지

겨울을 고독하게 견딘
감자가 밀어내는 독들을 좀 봐

따돌려진 것들의 뜨거운 이미지

뿔난 것들이 세상을 선명하게 평정하지

나는 너무 오래 관념적으로 살았어
—「이월 초하루」 전문

이 시에서 제목의 "이월 초하루"는 무엇을 의미할까? 2월 초하루는 겨울을 견디고 봄을 기약하는 그런 시간이다. 시인은 바로 그 시간에 “세상을 들이받으며” 자신의 독을 뿔처럼 내밀고 있는 감자의 싹을 바라본다. 그것은 모든 것을 어둠과 차가움 속에 가둔 겨울로 비유된 폭압의 세계를 뚫고 저항하는 한 개별자의 힘든 자기 확인의 노력에 대한 비유이다.

그런데 이러한 확인된 개별자로서 존재의 의미는 어디서 오는 것일까? 그것은 존재와 존재 사이의 거리와 차이를 탐색하는 것에서 온다. 다음 시가 그러한 노력의 일단을 보여준다.

별 아닌 것들이 별에 기대
별의 흉내를 내는 동안

세상 언저리 어떤 얼룩은
지독한 꽃무늬 심장을 만든다

접히고 접혀서 중심을 알아차린
밤의 깊은 울음으로
제 빛깔의 각을 잡는다

뒤척거리는 너와 나 사이 하얗게

솟아난 지상의 작은 별무리
〉

어떻게 우리는 저 매운 안쪽에 다다를까
—「부추꽃 피던 날」 전문

별이란 모두가 되고 싶은 것이기도 하지만 모두에게 같은 모습으로 다가오는 것이다. 그래서 모두들 별과 같이 되고자 "별의 흉내를 내"고 있다. 하지만 우리는 별이 될 수는 없다. 다만 별을 닮고자 하는 작고 하찮은 "부추꽃"과 같은 존재이다. 하지만 그래도 우리 각자는 "제 빛깔의 각을 잡"을 수 있는 존재라는 것이다. 별무리처럼 보이면서 하나같이 별이 되고자 하지만 우리의 존재의 의미는 자신이 되고자 하는 그 별에 있는 것이 아니라 각자 다른 자신의 빛깔에 놓여 있다는 것을 시인은 성찰하고 있는 것이다.

이렇듯 권애숙 시인의 시들에는 나와 너, 존재와 존재들 사이의 거리와 관계에 대한 탐색이 중요한 시적 에스프리를 형성하고 있다. 하지만 이 존재와 존재들 사이의 거리는 쉽게 좁혀지는 것도 아니고 쉽게 이해되는 것도 아니다. 다음 시가 이를 상징적으로 말해준다.

너의 자리는 늘 벽 앞이다
무엇을 등에 지지 않으면
밥그릇을 채우거나 비울 수 없다는 너는
오래된 구석에 절반은 먹힌 벽

어깨 너머로 스윽, 누군가의 엉큼한
숟가락들이 넘어왔나
뒤통수를 많이 맞아본 사람은
몇 겹의 벽만을 신뢰한다
정수리까지 눌어붙어 희미하게 웃는
너를 잡아떼어내면
핏물이 말라붙은 등가죽이 쩌억,
금 간 평생이 쩌억,
배경에 걸린 열두 달 일력 속
간혹 사막을 건너온 붉은 달이나
푸른 물이 번지는 별들이 뜬다
덧니처럼 어색하게 박힌 탄생일이나
기일이 꽃자루를 흔든다
퀴퀴한 뒷거래의 흔적이 없는,
벽이 키운 이력은 마주한 정면이 환한 문이다
—「벽의 이력」 전문

이 시에서 너는 한 장씩 뜯기며 날짜를 알려주는 일력이다. 이 일력 속에는 많은 것들이 들어 있다. 그리고 일력은 그 많은 것들을 "퀴퀴한 뒷거래의 흔적이 없는" 상태로 그대로 보여준다. 거기에는 탄생일도 있고 기일도 있고 "사막을 건너온 붉은 달"이나 "푸른 물이 번지는 별" 같은 자연의 어떤 강렬한 존재감도 들어 있다. 하지만 그

모두는 "핏물이 말라붙은 등가죽" 같은 벽에 걸려 있을 뿐이다. 일력에 기록된 모든 추억과 삶이 벽이라는 단단한 구속 속에 묶여 있다. 우리의 삶 역시 이와 다르지 않다. 나의 존재와 나와 함께 했던 모든 다른 존재들의 삶의 흔적, 그것은 단단한 벽에 새겨진 일력에 기록되어 있다가 찢겨 사라져간다. 남는 것은 단단한 벽일 뿐이고 이 모든 것을 기억하는 "벽의 이력"일 뿐이다. 하지만 시인은 그 속에서도 희망을 꿈꾼다. 나와 다른 존재 사이를 가로막고 있던 그 벽이 바로 "환한 문"이 될 것이라는 희망을 잃지 않고 있다. 시인이 이렇게 존재와 존재 사이를 헤매며 성찰하는 이유도 바로 이 희망 때문일 것이라고 우리는 추측해볼 수 있다.

3. 거리의 미학

타인과 나의 존재의 차이를 아는 것은 둘 사이의 거리를 인식하는 일로부터 시작된다. 권애숙의 시들은 이 거리를 인식하며 그것을 시적 미학으로 승화시키고 있다.

이 뜨거운 꽃기침, 달달한 비말에 첩첩 사방이 젖는다. 올해도 성공이군. 휘청거리는 골목 안까지 접수했잖아. 속이 아득한 것들은 눈만 떠도 전염성이 지독해. 꺾어버릴 수도 안아버릴 수도 없는, 너라는 이름에 끌려 착한 세상이 저를 다 내놓는다. 아무래도 힘 센 너의 계절은 좀 더 오래갈 것 같아. 이 붉은 창구 앞에 서서 즐거운 줄을 봐. 앗, 따가워. 은유의 면류관에 가시를 숨긴 채 심심한 세상을 접수하고 있는, 너, 누구니?

—「은유엔 가시가 많다」 전문

이 시는 이른 봄에 우리나라에 들어와 아직까지 맹위를 떨치고 있는 '코로나19'를 '은유'에 은유하는 재미있는 작품이다. 은유는 거리를 통해 만들어진다. 원관념과 보조관념이 너무 가깝지도 너무 멀지도 않을 때 형성된다. 이 거리가 너무 가까우면 상투적인 뻔한 비유가 되고 너무 멀면 이해할 수 없는 억지 비유가 된다. 이 시에서는 이러한 거리를 "비말"을 통해 얘기하고 있다. 비말을 서로 나눌 정도로 서로 가까워지면 "너라는 이름에 끌려 착한 세상에 저를 다 내놓는" 감염자가 되어 그 병의 가시에 찔리게 된다. 하지만 그렇다고 모두가 완벽하게 홀로 떨어져 존재할 수는 없는 일이다. 바로 '사회적 거리'가 이럴 때 만들어진다. 여기서 은유는 바로 코로나19이지만 우리 모두를 서로 간의 거리 두기로 놓고 바라볼 수밖에 없게 하는 은유이고 또 그것에 대한 이차적인 은유이다.

이러한 거리에 대한 인식은 시 쓰기에도 그대로 적용된다. 다음 시가 그것을 확인할 수 있다.

당신의 발소리를 알아들었는지 묵은 바다가 꿈틀거린다. 기다림을 키우던 모래밭도 평수를 넓힌다. 흑해로 흘러드는 에게해처럼 천천히 밀려오는 당신. 이름을 잊지 않았다는 듯, 슬픈 가계를 지우지 않겠다는 듯, 빈 술병이나 깡통들이 허술한 전진을 넘어뜨리기도 한다. 굴러다니는 종족은 금방 뒷등이 들썩거린다. 한 슬픔이 한 슬픔의 밤을 닦아주는 동안, 한 사랑이 한 사랑의 꽃잎을 펼치는 사이, 열매를 찾는 이름으로 적막한 해변에 시끄러운 날개를 비비는 당신. 그거 아니? 흑해로 흘러든 에게해 물이 다시 돌아나가는 데 오천년이 걸린다는. 소문의 물길을 탄 당신은 이미 내 반만년의 파문. 가장 질긴 문장의 포로.

—「시가 시인에게」 전문

시는 시인의 분신이라고 흔히 생각한다. 시는 일인칭의 자기 고백이고, 시인은 언어를 통해 자신과 세계를 하나로 통합해내려 노력한다고 얘기되고는 한다. 시를 동일성의 미학으로 설명하는 사람들이 흔히 하는 주장이다. 하지만 이 시를 쓴 시인은 이러한 생각에 의문을 두고 있다. 시인은 시가 시인에게 말하는 방식이라는 시적 형식을 통해 시가 우리에게 무슨 의미를 가지는지 생각하게 해주고 있다. "한 슬픔이 한 슬픔의 밤을 닦아주는 동안"이라는 구절에서 시 쓰기가 시인의 슬픔을 위로하는 일이라는 사실을 알 수 있다. 그런데 그게 가능한 것은 시가 시인과 거리를 두고 있기 때문이다. 시인의 슬픔이 시로써 표현될 때 그것은 또 다른 내용을 가진 슬픔이 되어 시인을 위로한다. 시가 자기 고백을 넘어 또 다른 나를 발견하게 하고, 다른 사람을 감동시키는 것은 바로 이러한 시와 시인과의 거리 때문에 가능하다. 시와 시인은 "가장 질긴 문장의 포로"라는 표현처럼 말을 사이에 두고 적당한 거리로 묶여 있는 그런 존재인 것이다. 이 거리를 인식하고 이 거리를 조절하는 것 그것이 바로 시 쓰기의 중요한 요체이고, 권애숙 시인 시들의 미학적 토대가 아닌가 한다.

이 나라에 당도해서야 나는 얼굴을 버리네
접근이 쉽지 않은 절벽을 넘어
뛰어내릴 수 없는 서성거림을 넘어
천년을 건너온 물의 나라

길을 늘리는 얼굴과
벽으로 걸어가는 얼굴과
허공에서 노래하는 얼굴들

여기 다 접수하고 당신, 살아 있었군
키들키들 웃으며 어디를 오래 둘러온 듯
더 이상 뭉개지지 않을 눈과 입꼬리
감출 것도 들킬 것도 없는 유랑의 끝

이제 황홀한 축제의 시작
〉

당신 눈 속에 고단을 풀고
당신 입 속에 거미줄을 치고
당신 첫사랑이 되어 출렁거릴까
다시 천년 동안 가면의 새끼들을 만들고
가면의 시민으로 반짝거릴까

나는 낯선 물의 제국 가운데에 파고들어
영원히 지지 않을 그대 쪽으로
헛헛하게 각을 풀어보는 것이다
—「가면의 제국」 전문

"이 나라"는 시인들의 나라이다. 시인들의 세계에서는 모두가 '퍼소나'라는 가면을 쓴다. 그러므로 가면의 제국은 시인들의 세계이다. 시인들은 자신의 이야기를 하고 있지만 사실은 가면을 둘러쓰고 타인의 얘기를 하거나 아니면 반대로 타인의 가면을 쓰고 자신을 이야기를 하고 있다. 시인은 그것을 "나는 얼굴을 버리네"라는 문장으로 표현하고 있다. 아무튼 이 둘의 어떤 경우이든 시는 나와 타자 사이의 관계에서 만들어진다. "그대 쪽으로 / 헛헛하게 각을 풀어보는 것" 그것은 바로 나와 타인 사이의 거리를 재어보는 것이고 이것이 바로 시 쓰기의 미학이고 또한 괴로움이기도 할 것이다.

순전히 들창 탓이다 바깥이란 이름 탓이다 설레는 어느 날을 어리둥절 열어젖혀 온몸이 별밭인 너와 눈 맞은 탓이다

뜨거운 비탈에 층층이 만든 계단 나와 너 밟아 올린 날들이 꽃등이다 아니다 단락도 깊은 소리 없는 꿈이다

등고선 높은 지도 사방으로 펼쳐놓고 따뜻한 골골마다 집을 짓자 덤빈 날들 무거운 씨방 탓이다 어쩌다, 시인이란

—「어쩌다,」 전문

"어쩌다"라는 말이 많은 생각을 하게 해주는 작품이다. 시인이 시를 쓰게 된 것은 어떤 필연성 때문이 아니다. 필연성이란 무엇인가를 위해 또는 무엇인가가 나를 위해 존재할 때 생기는 것이다. 시는 이런 것을 위해 존재하지 않는다. 사회를 위해 인간을 위해 아니면 지구의 미래를 위해 시가 쓰여지는 것은 아니다. 이런 필연성이나 이런 분명한 목적을 가지게 되면 말은 시가 되는 것이 아니라 논설이나 구호가 된다. 어쩌다 들창을 열어젖혀 나의 밖에 존재하는 모든 "너"와 눈이 맞은 이유 때문에 어쩌다 시인이 된 것이다. 그런데 시인은 이 시의 제목을 "어쩌다"가 아닌 "어쩌다,"로 쉼표를 찍어두고 있다. 이 "어쩌다"가 그저 어쩌다는 아니라는 말이다. 어쩌다 시인이 되긴 했지만 이 '어쩌다'가 앞으로 뭔가를 이루고 또 많은 것을

보여주리라는 기대를 품고 있다. 쉼표로 그것을 예감하게 만들고 있다. 어쩌다 시인이 되었지만 이 "어쩌다"의 이후까지 알게 되는 시인이라는 것을 이 쉼표는 말해주고 있다.

4. 맺으며

권애숙 시인의 시들은 아름답거나 착하거나 올바르지 않다. 그래서 좋은 시다. 이 모든 가치에 의존하지 않고 있지만 바로 그 이유로 이 모든 가치를 다시 생각하게 만든다. 무엇이 아름답고 올바르고 좋은 것인지 그의 시들은 우리를 이 의문 속에 던져준다. 그래서 편안하게 그의 시를 읽거나 그의 시를 읽고 위로 받기는 힘들다. 그럼에도 그의 시들을 읽으면 시 한 편 한 편이 우리에게 잊혀진 이미지를 떠올리게 하고 그것과 관계된 나의 생각 속에 빠져들게 만든다. 그것은 그의 시가 존재와 존재 사이의 관계와 그 거리들을 떠올리게 해주기 때문이다. 시인과 시적 화자의 거리만큼이나 시인과 독자와의 거리를 생각하게 하고, 그의 시들이 불러일으킨 시적 감흥은 그와 다른 방식으로 느껴지는 나의 감흥이 되어 돌아온다.

이제 홀가분해졌으면 좋겠어
새가 밟고 간 강물의 정면처럼

바람이 건너간 나무의 뒤편처럼
금방 바래질 웃음으로는 그림이 되질 않잖아

누군가 던져 넣은 돌멩이가 바닥을 쳤겠다
경계를 넘은 것들의 힘을 믿어
—「경계를 넘은 것들」 부분

시와 시인, 나와 타인과의 거리를 인식하고 그것들과의 사이의 미학을 발견하기 위해서는 기존에 만들어진 경계를 허물어야 한다. 우리는 너무도 쉽게 경계를 지어 나를 '우리'라는 집단에 가두고 나와 너를 구별해왔다. 그런 구별 안에서는 상투적 세상 인식과 편 가르기만 존재할 뿐 세상을 새롭게 인식하게 해주는 시는 존재하지 않는다. 시인은 이 시집의 시들을 쓰며 이 경계를 넘고자 한다. 이 경계를 넘어서고 있는 아름다운 발자국이 바로 이 시집에 한 자 한 자 뚜렷하게 찍혀 있다.

당신 너머, 모르는 이름들

1판 1쇄 발행	2020년 10월 30일
지은이	권애숙
발행인	윤미소
발행처	(주)달아실출판사
책임편집	박제영
디자인	전형근
마케팅	배상휘
법률자문	김용진
주소	강원도 춘천시 춘천로 17번길 37, 1층
전화	033-241-7661
팩스	033-241-7662
이메일	dalasilmoongo@naver.com
출판등록	2016년 12월 30일 제494호

ISBN 979-11-88710-79-9 03810

* 이 도서의 국립중앙도서관 출판예정도서목록(CIP)은 서지정보유통지원시스템 홈페이지(http://seoji.nl.go.kr)와 국가자료공동목록시스템(http://www.nl.go.kr/kolisnet)에서 이용하실 수 있습니다.(CIP제어번호 : CIP2020039253)
* 잘못된 책은 구입한 곳에서 바꿔드립니다.
* 책값은 뒤표지에 표시되어 있습니다.
* 이 시집은 2020년 부산광역시, 부산문화재단 지역문화예술특성화지원 부산문화예술지원사업으로 지원을 받았습니다. 부산광역시 BUSAN METROPOLITAN CITY 부산문화재단 BUSAN CULTURAL FOUNDATION